ゴッディくん

古《ふる》川《かわ》タク

理論社

ゴッディくんと　青《あお》い星《ほし》

かみさまの　子《こ》どもが、あるところに
すんでいたんだって。
なまえは　ゴッディくん。
この　ゴッディくんときたら、ほんとに　もう
いたずらっこで、ワルくて　どーしようもない。
まいにち、くもに　のって　さんぽに　出《で》かけては、
星《ほし》を　もってかえってくる。

ほら、ゴッディくん、きょうは　星《ほし》を　いっこ
もってきた。ブルーの　星《ほし》だ。えーと、なになに、
なまえは　ちきゅうと　いうんだって。

にちようだいくの　とくいな、かみさまの　へやには、
いろんな　おもしろい　どうぐが、
いっぱい　そろっている。
ペッタン　ペッタン　ペッタン
あれれ、ゴッディくんが　まるい　星《ほし》を
おもちみたいに　ペッタンコに　しているよ。

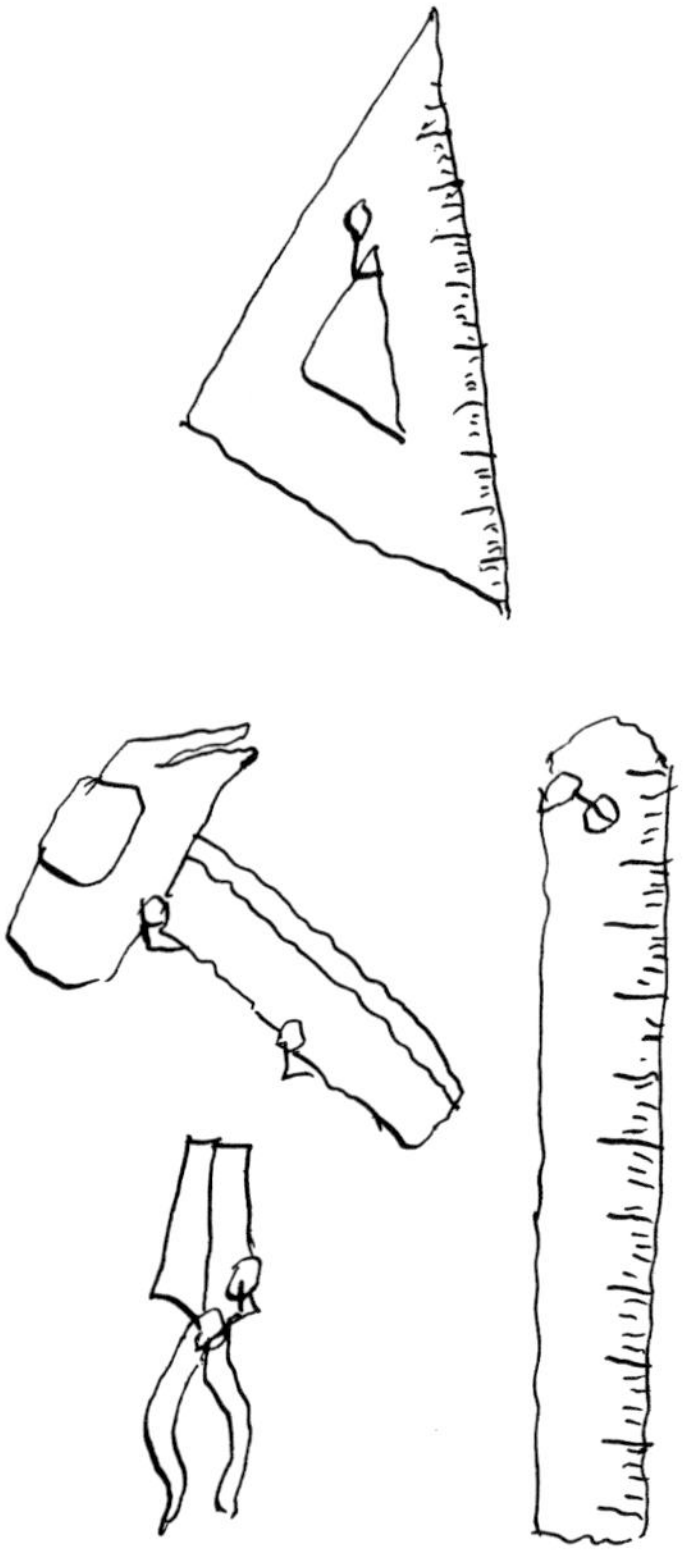

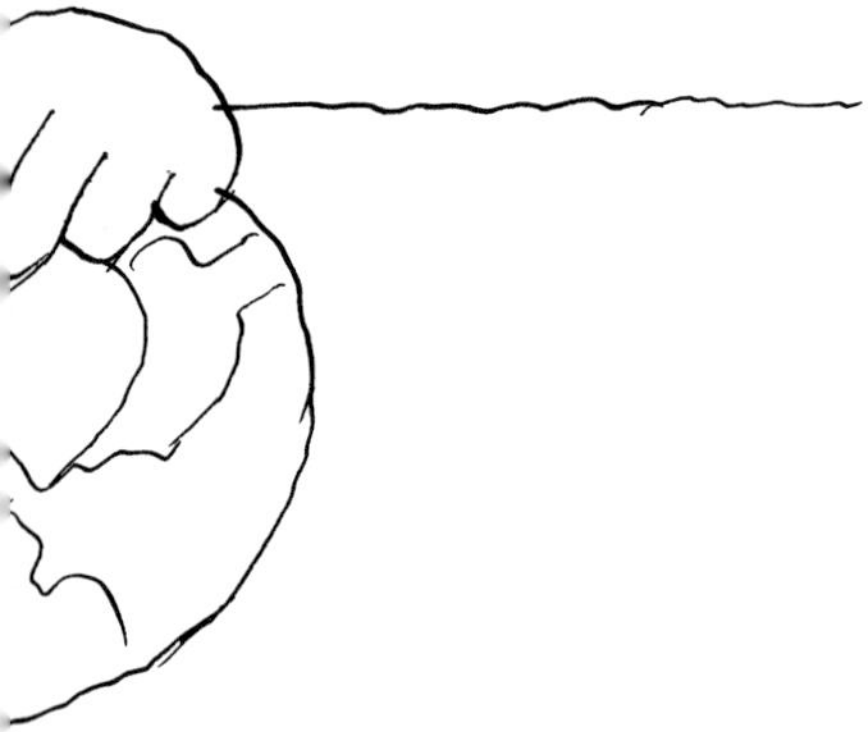

ジャーン。さて、そのころ　ちきゅうでは、とつぜん、
こう海《かい》ちゅうの　きゃくせんや　かもつせんが
ぞくぞくと　見《み》えなくなった。
だって、海《うみ》が　とつぜん　ペッタンコに
なってしまったんだもん。ふねなんて　みんな　ほら、
すいへいせんの　むこうに　おっこって　しまった。

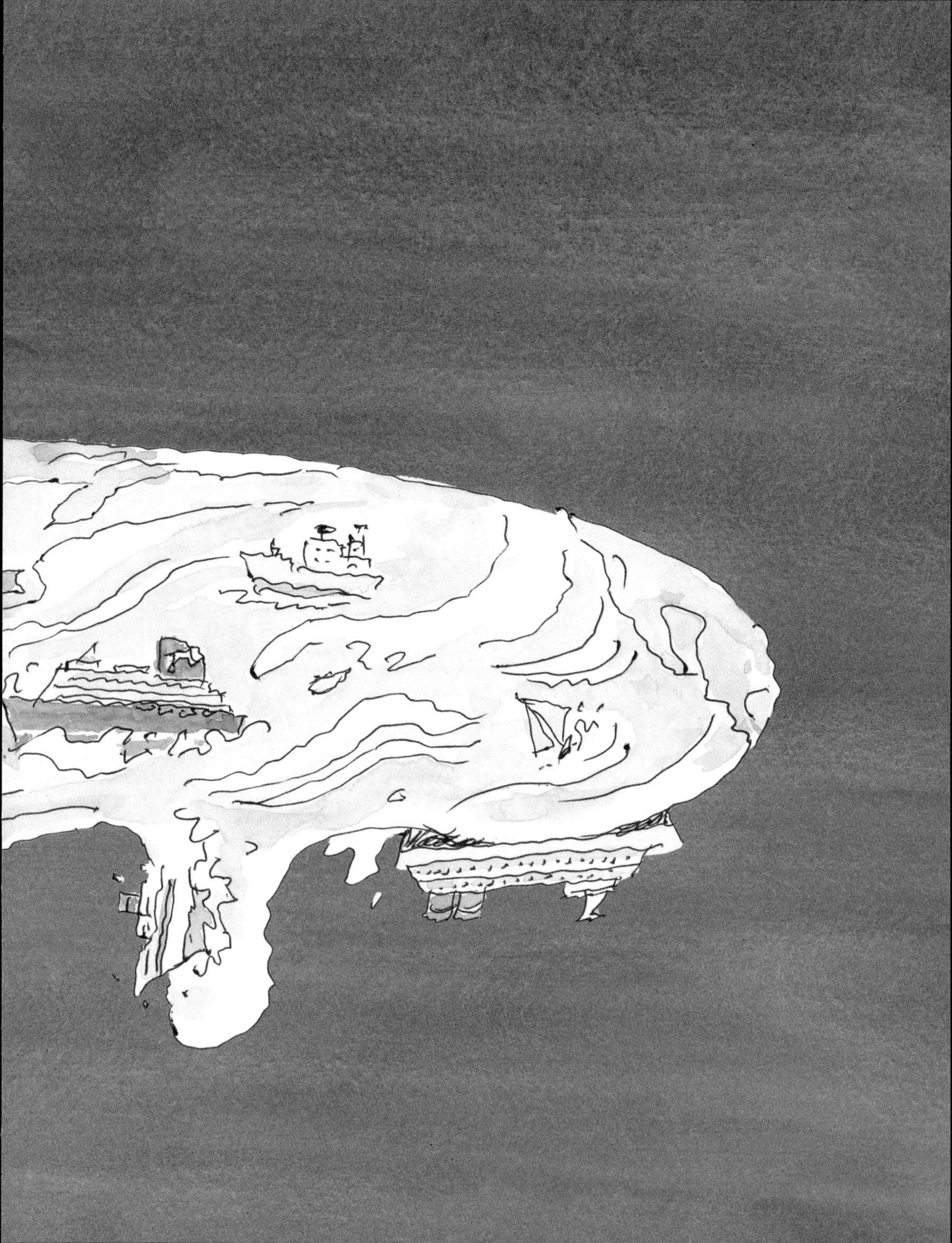

おや、ゴッディくん、こんどは、星《ほし》を
さいころみたいに、ましかくの　りっぽうたいに
してしまった。
そして、コロコロ、コロコロ、ころがした。

ジャーン。さて　そのころ、ちきゅうでは、
たいへんなことが　おこった。ふつうは、ひるから
だんだん　よるに　なるんだけど、とつぜん、ひると
よるが、パッパパッと　くりかえし　こうたいに
なってしまった。

とうきょうタワーや　スカイツリーの　ひかりも
ついたり　きえたり。
となりの　ひろまさくんも　がっこうで
べんきょうしたり、ベッドで　グーグー
ねたりの　くりかえしで、ああ　いそがしい。

ゴッディくん、こんどは、ちきゅうを　ころがして、
こね、ほそながい　いっぽんの　ひもにしてしまったよ。
そして、ハシを　むすんで、ちきゅうの　ドーナツを
つくって　とくいに　なっている。

ジャーン。ちきゅうの　上《うえ》は　もう　たいへん。
かいしゃに　行《い》こうと、まちを　あるいていた
ひろまさくんの　おとうさんが　空《そら》を　見上《みあ》げて
びっくりした。だって、ずっと　上《うえ》のほうで、さかさまに
車《くるま》や　人《ひと》が　うごいているんだもの。
「どうやら　あれは、ニューヨークの
エンパイアステートビルらしいな」

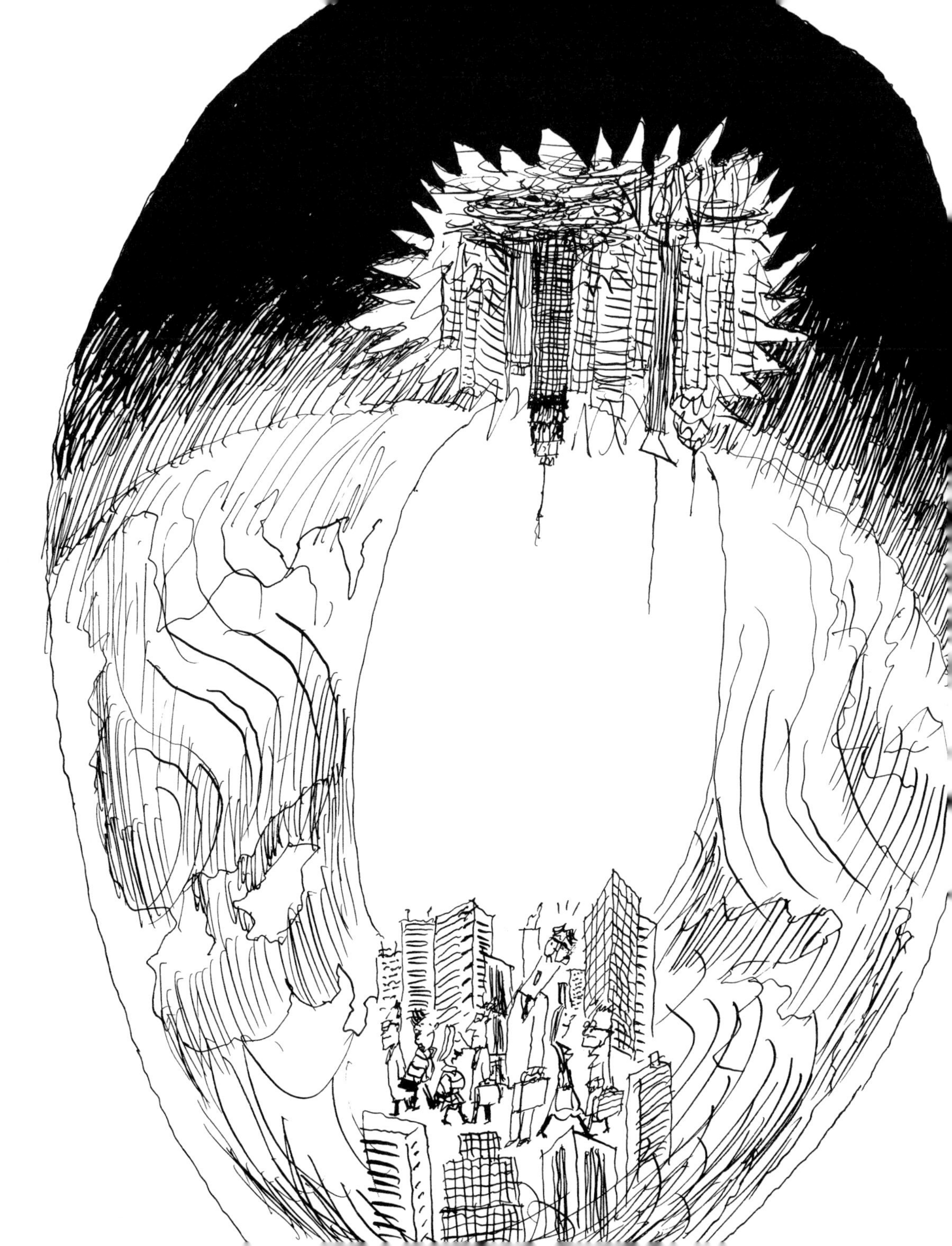

かみさまの　子《こ》ども　ゴッディくん、こんどは
赤《あか》と　グリーンの　ペンキを　もってきて……。

ちきゅうを　はんぶんずつ　赤《あか》と
グリーンに　ぬりわけたゾ。

　ここは、アフリカの　サバンナ。
あれ、地面《じめん》も　シマウマも
ライオンも　まっ赤《か》だ。
マサイの　おにいさんも　まっ赤《か》。
あれ、このおにいさんと　アフリカゾウは、赤《あか》と
グリーンの　はんぶんだ。おやおや、ここから
さきは　イボイノシシも　サイも　みんな
グリーンだ。

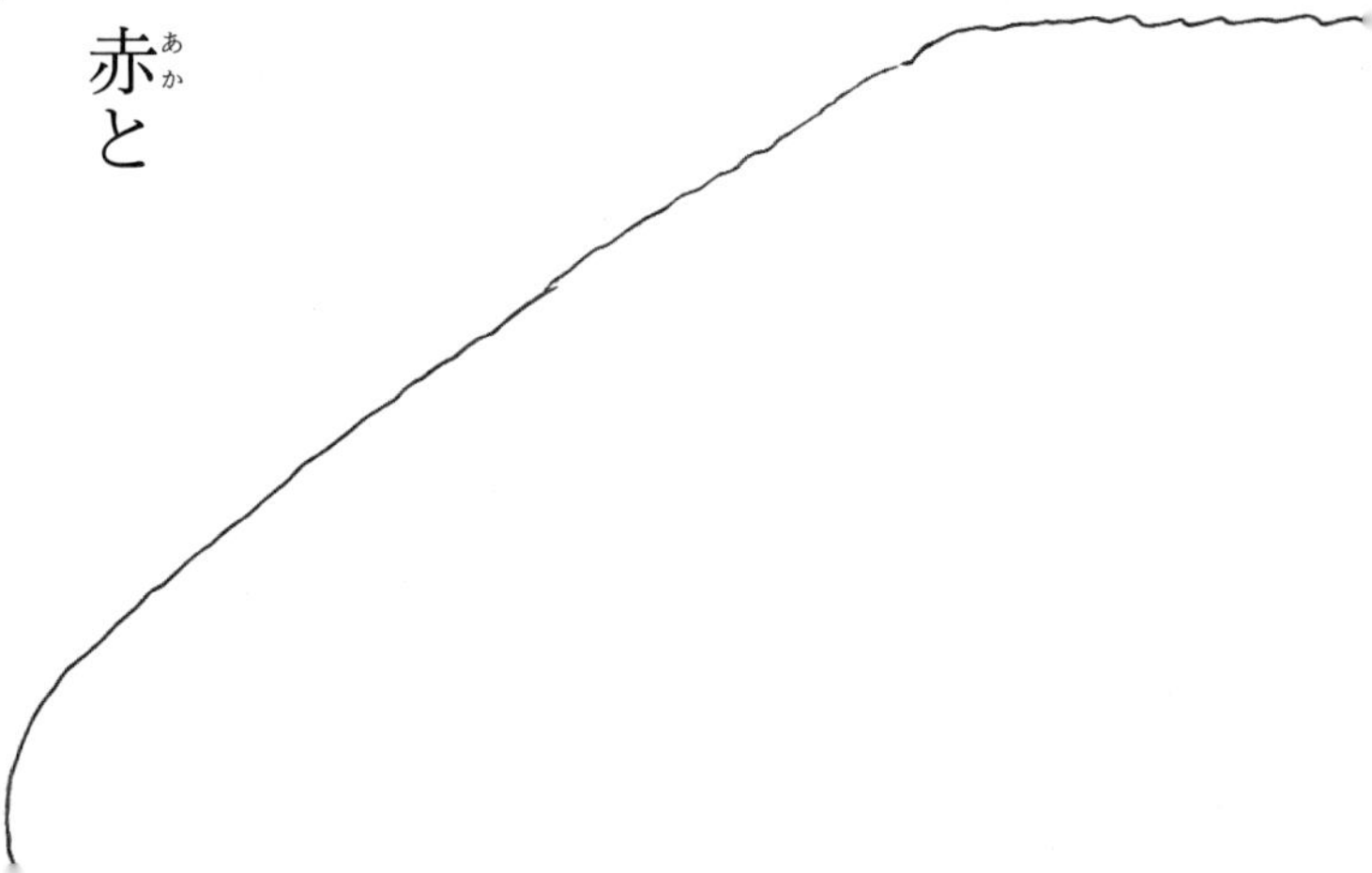

やがて、　ちきゅうの
上《うえ》の　ぜんぶに　大雨《おおあめ》が
ふって、　きれいな　もとどおりの
ちきゅうに　なったよ。

ゴッディくんの　ママが、　シャワーで　きれいに
星《ほし》を　あらいながら　いったよ。
「もう、　いいかげんに　して。　はやく　この星《ほし》を
もとの　ところに　かえしてらっしゃい」

ゴッディくんの　かみなりシュート

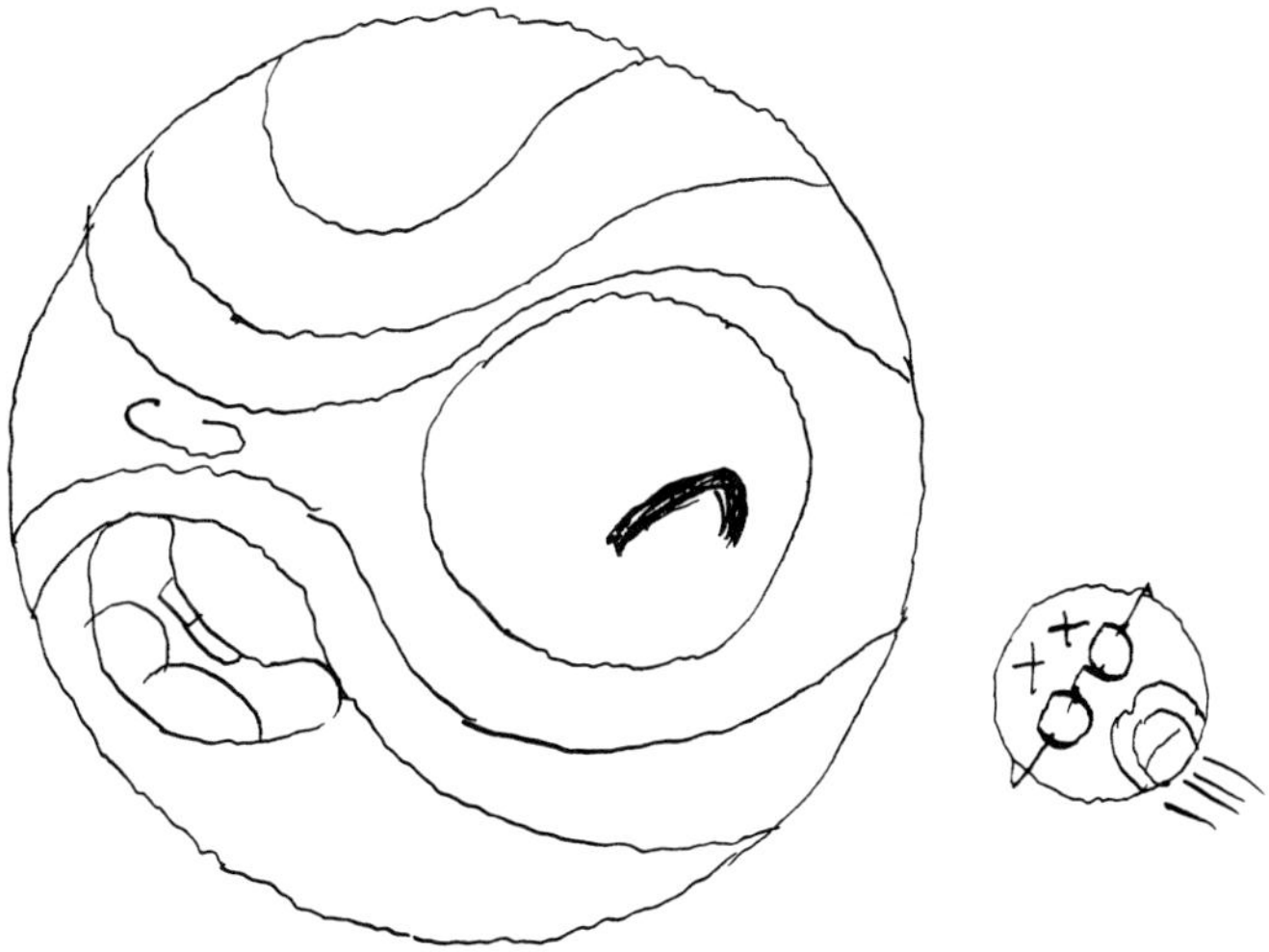

かみさまの　子《こ》どもが、あるところに
すんでいたんだって。
なまえは　ゴッディくん。
この　ゴッディくんときたら、ほんとに　もう
いたずらっこで、ワルくて　どーしようもない。
きょうは　赤《あか》、黄《き》、オレンジなど、いろんな　いろの
大《おお》きな　星《ほし》や　小《ちい》さな　星《ほし》を　いっぱい　あつめて
もってかえってきたよ。
よーし、たまの　あてっこ大会《たいかい》だ！
「まずは、ボクの　おきにいりの　青《あお》い　ビーだまの
ちきゅうから　スタートだ」

ゴッディくんは　青《あお》い　ビーだまを　目《め》に
ちかづけて　オレンジの　たま　めがけて　かまえた。
「♪あそぶの　だいすき　かみさまが
かみなりシュートで　チャンピオン！」
とくいの　歌《うた》を　うたいながら　ビーだまを　なげた。
「エイ！」
カチーン。
みごとに　ビーだまが　オレンジの　たまに
めいちゅうした。
ゴッディくん、おもわず　とびあがって
パチパチ　はくしゅしながら　おおよろこびだ。
けれど　青《あお》い　ビーだまは、ぶつかった　ひょうしに

どこか　とおくへ　ふっとんでしまった。あーあ。

ぶつけられたほうの　オレンジの
たまも　とんでいき、
黄色《きいろ》の　もっと　小《ちい》さな
たまに　いったん
ぶつかった。
そのはんどうで
オレンジの　たまは、
すこしだけ
小《ちい》さくて
赤《あか》い　たまにも
コッツンと　ぶつかった。
ぶつかられたほうの

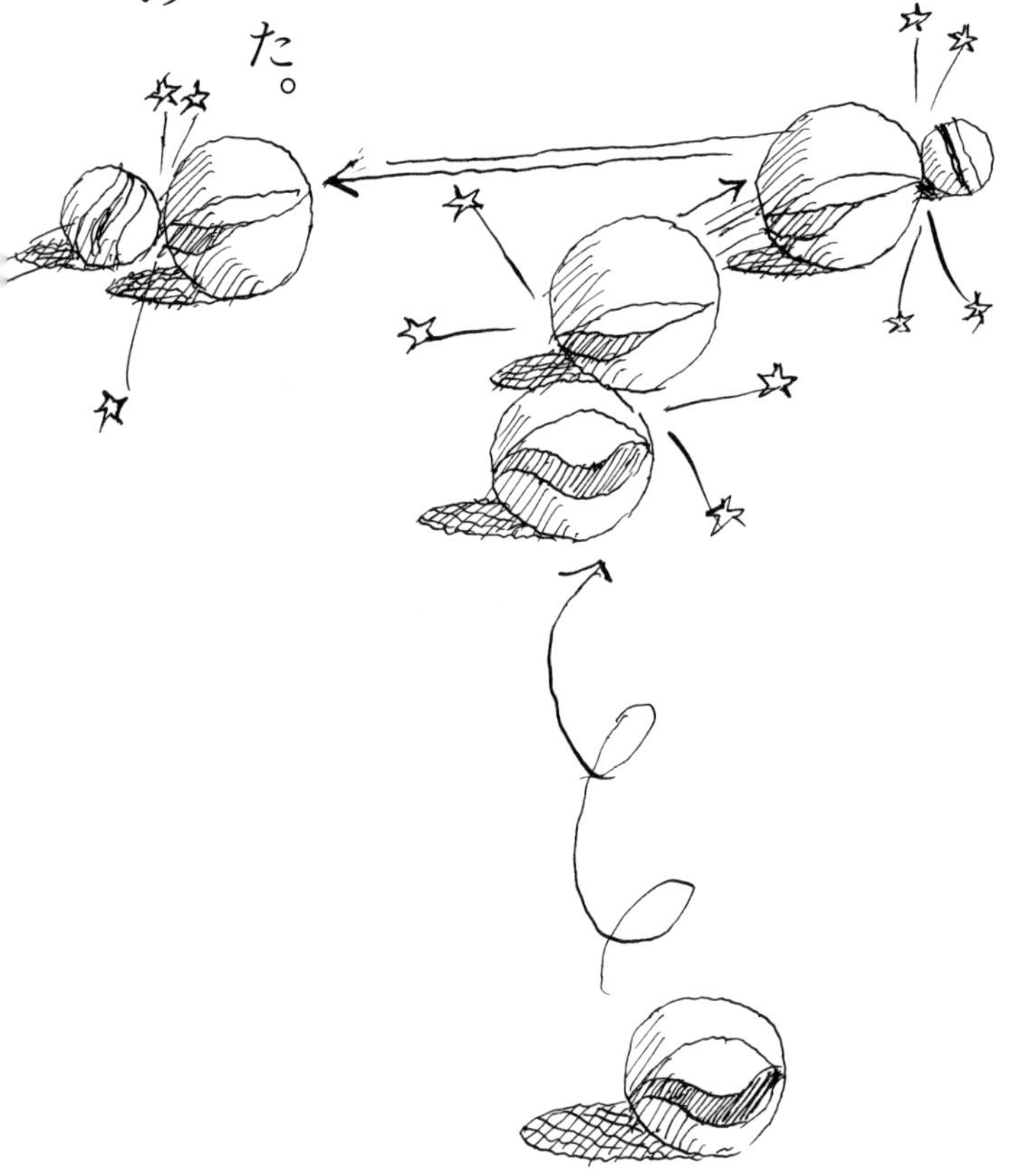

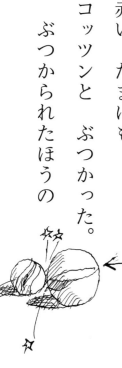

赤《あか》い　たまは　ビュンと
とんでいき、ゴミのように
小《ちい》さな　チリが
あつまっている　中《なか》を
とおりぬけたかと
おもうと、つぎは　大《おお》きな
大《おお》きな、ゴッディくんが
もってきた中《なか》で
いちばん　大《おお》きな　たまに
ゴッツン！
　大《おお》きな　たまも、さすがに
フラフラと　ころがった。

そして　おとなりさんの　わっかの　ついた
たまの　ほうに　よろよろ「コツン！」
止《と》まった！　やっと。

ジャーン。うち・・・・ゅうでは　たいへんなことが
おこっていた。
「♪あそぶの　だいすき～」
と　うたいながら　ちきゅうが　きんせいに
ぶつかった。すると　こんどは　きんせいが
「♪かみさまが――」
と　うたいながら、うちがわを　まわっていた
すいせい　めがけて　ゴツンと　ぶつかった。

小《ちい》さな　すいせいが　「いたい！」と　ふっとんだ。
そうして、きんせいは　いきおいよく
「♪かみなりシュートで　チャンピオン～」
と　うたいながら、赤《あか》い　かせいにも　ゴツーン！

「いやいや、まいったな。ぼくまで
はじきとばされちゃうの？」

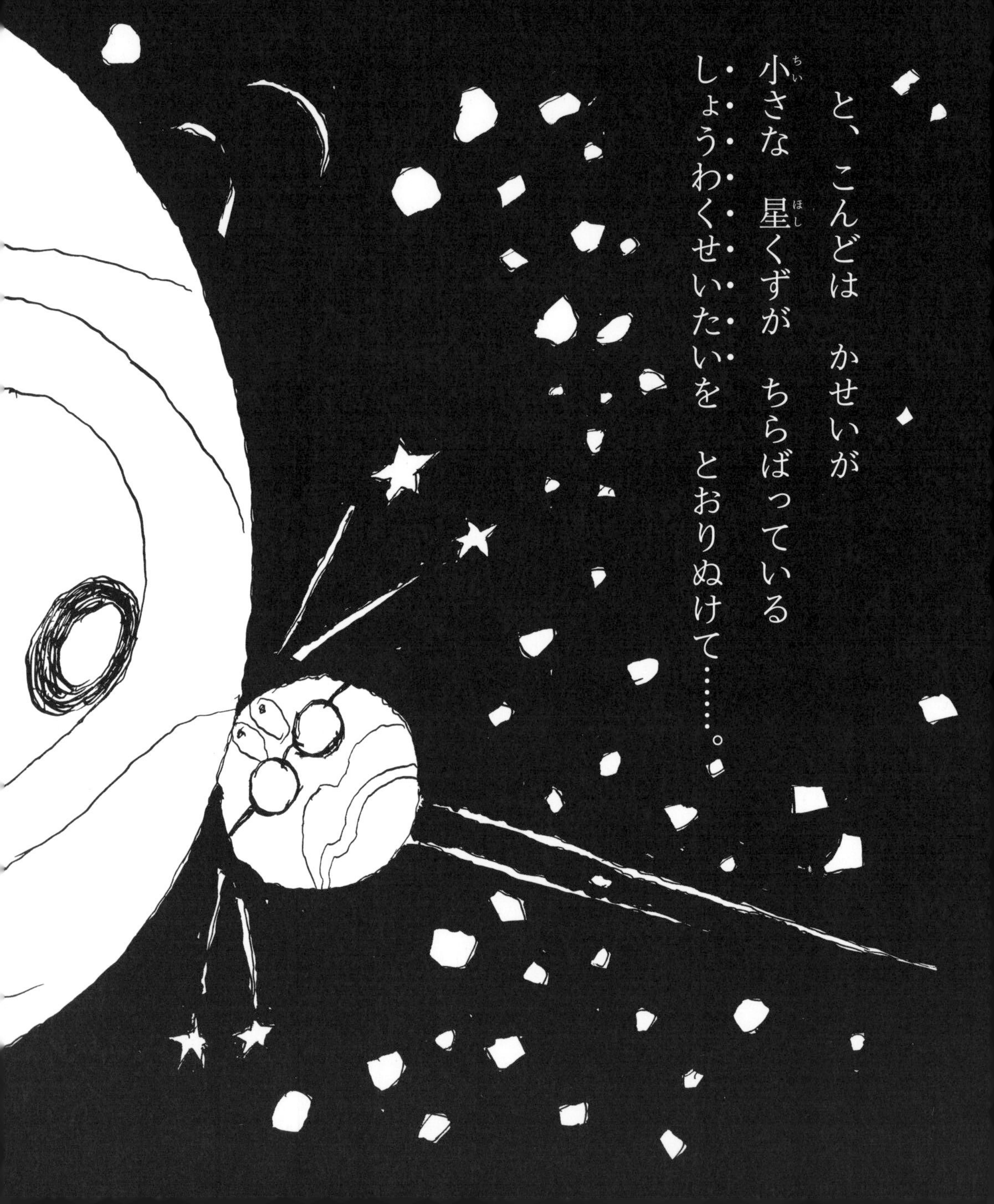

と、こんどは　かせいが
小《ちい》さな　星《ほし》くずが　ちらばっている
しょうわくせいたいを　とおりぬけて……。

あ、大《おお》きな　もくせいに　ドッカーン！

「ありゃ、かーくん、だいじょうぶか？」
かせいを　うけとめた　大《おお》きな　もくせいが
バスの　ふとい　こえで　かせいに　はなしかけた。
「まあ、なんとか」と　かせい。
でも　もくせいも、さすがに　あしもとが
フラフラして、おとなりの　どせいに　コツンと
ぶつかって　とまった。
よろよろ、やれやれ。

「やあ、こんにちは。もくせいさんじゃ　ありませんか。
どうしましたか？」
れいぎ　ただしい　どせいが、ぼうしを　とって
あいさつした。
じぶんから　ぶつかった　もくせいは、てれくさそうに
「いや、なあに、たいしたことは　なにも
おこってやせん。ちょっと　だれかの　青《あお》い
ビーだまが、いっこ　ころがっただけじゃ」
と　すました
かおを　した。

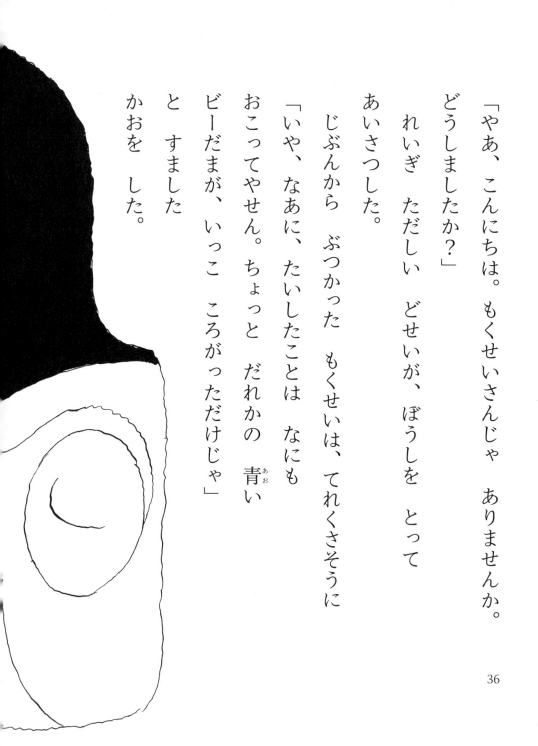

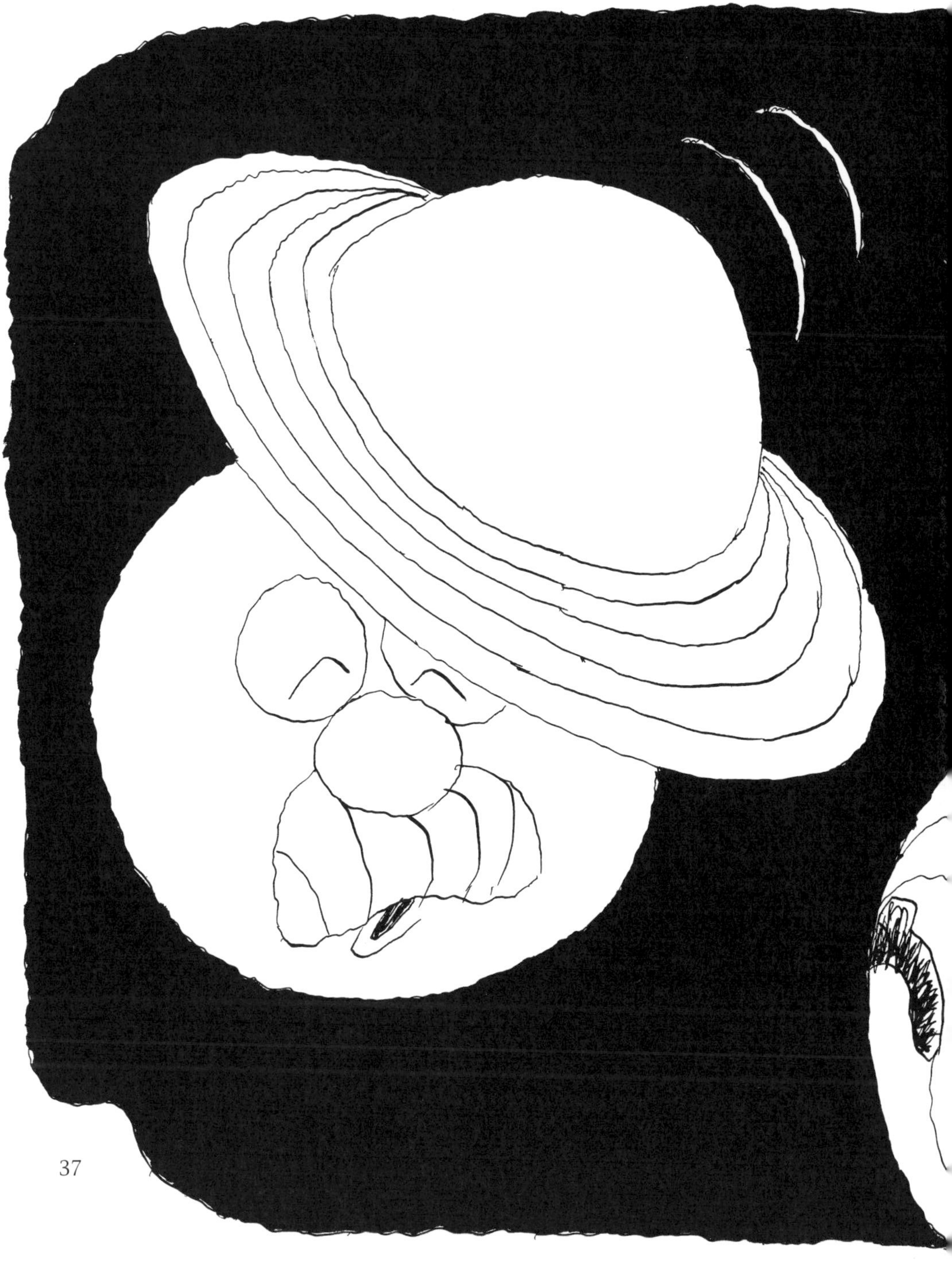

ゴッディくんの　ママは、にわで　せんたくものを
とりこんでいた。
いたずらばかりで　よごれた、ゴッディくんの
シャツや　パンツも　まっ白《しろ》になっていた。
コロコロコロと　青《あお》い　ビーだまが　ころがってきた。
「あら、ゴッディが　さがしていた、おきにいりの
青《あお》い　ビーだまだわ」

ゴッディくんの　ぼうし

かみさまの　子《こ》どもが、あるところに
すんでいたんだって。
なまえは　ゴッディくん。
この　ゴッディくんときたら、ほんとに　もう
いたずらっこで、ワルくて　どーしようもない。
きょうも　さんぽに　出《で》かけようとしていると、
ママの　こえが　おっかけて　きた。
「きょうは　おひさまが　ガンガン　てりつけて
とっても　あついから　ぼうしを
かぶっていきなさーい」
と　いって　むぎわらぼうしと　カチンコチンに

こおった　アイスキャンディーを　もってきた。

「わーい、アイスだ！　ママって　きが　きくな、
さーすが」
アイスキャンディーを　すこし　なめ、
「いってきまあす！」
いつもより　ちょっと、アイスの　ぶんだけ
きちんとした　あいさつを　した。

さて、むぎわらぼうしを　かぶった　ゴッディくん、
アイス　かたてに　くもに　のって、星《ほし》を
さがしている。
きょうの　星《ほし》たちは、　フワフワ　空《そら》に
うかんでいる。赤《あか》、黄《き》、青《あお》……。

「わーい、ふうせんが　いっぱいだ。ボクは　やっぱり
青《あお》い　ちきゅうの　ふうせんに　しようっと」
すると　青《あお》い　ふうせんだけが　おりてきた。さすが
かみさま。
右《みぎ》手《て》で　青《あお》い　ちきゅうの　ふうせんに　ついている
ひもを　ギュッと　にぎって、くもから　とびおりた。
左《ひだり》手《て》で　アイスの　ぼうを　しっかり　つかんで
あるく、あるく、もっと　もっと　あるく。

フタコブラクダの　せなかみたいに　ふたつの
こぶがある　おかに　やってきた。
ここは　ゴッディくんの　だいすきな
おきにいりスポットだ。

とおくから　はなれて　見《み》ると　ハートが
うまっているようにも　見《み》えるから、
かみさまなかまの
あいだでは、
ハートの　おかと
よばれている。

いっぱい　あるいた　ゴッディくん、では、ここで
ひとやすみ。こぶの　ひとつに　こしかけた。
あつくて　あせを　かいたので、むぎわらぼうしを
ぬいで、ポケットから　ハンカチを　とりだした。
あせを　ふきながら、目《め》のまえの、もうひとつの
こぶの　おかを　ぼんやり　見《み》ていた　ゴッディくん、
アイスを　口《くち》に　くわえたかと　おもうと　ニヤリと
わらった。
いたずらを　おもいついたのだ。

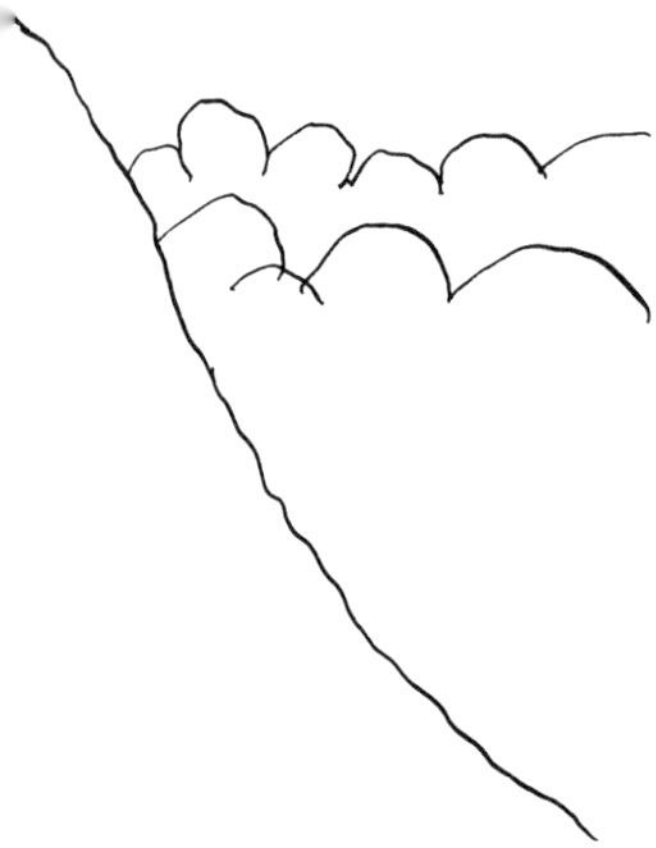

ぼうしを　ふうせんに　かぶせた。そして
ポケットから　フェルトペンを　とりだして、目《め》、
はな、口《くち》を　かいてみた。なんだか　じぶんと
そっくりの　かおが　できあがった。
つぎに　アイスキャンディーを　ふうせんの
ひもに　まきつけた。アイスが　おもりの　やくめを
はたして、ふうせんが　ちょうど　ゴッディくんの
すわっている　たかさと　おなじ
たかさに　うかんだ。

「おっ、ふうせんの　ゴッディくん、こんにちは。
これから　ずっと　ひみつの　ともだちに　なろうね！」
ふうせんの　ゴッディくんも　「うん」と　えがおで
こっくり　うなずいて、へんじした。

ゴッディくんは　「きょうって　さいこうだな」と
つぶやいた。
（こんな　おもしろいことを　おもいつくなんて
やっぱり　ぼくは　あそびの　てんさいだな）
と　おもった　つぎの　しゅんかんだった。
とつぜん、つよい　かぜが　ふいた。
あたまに　むぎわらぼうしを　かぶって、

ひもに　アイスを　しばりつけた　ふうせんの
ゴッディくんが　とばされた。
そうか、「うん」と　うなずいたように
見《み》えたのも、かぜのせいだったのか。

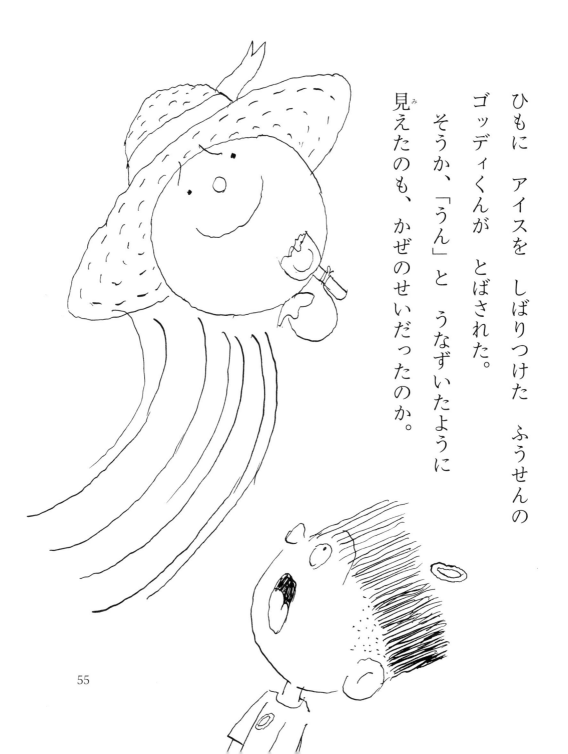

ジャーン！　そのころ　ちきゅうでは
たいへんなことが　おこっていた。
　ここのところ、どんどん　ちきゅうが　あつくなって、
海面《かいめん》も　どんどん　上《あ》がっている。
　みんな、ぼうしを　かぶらないと、
ちょっとの　あいだ、そとも　あるけない。

「あれ、なんだか　きゅうに
すずしくなったんだけど？」
　みんなが　空《そら》を　見上《みあ》げた。大空《おおぞら》の
むこうに、なにやら　うすい、ベージュの

あみめが　見《み》えた。
はんとうめいの　まるい　すだれのようなものに
つつまれたらしい。おまけに　氷《こおり》が　どんどん
とけだして、あたたまってしまっていた
なんきょくに、ひさしぶりに　きょだいな　氷《こおり》の
かたまりが　とつぜん　あらわれたと　いう。

「これで　しばらく　すずしくなるね」
バスどおりで　かいしゃに　いく　おとうさんに、
ぼうしを　ふって　バイバイした　ひろまさくんが、
そう　いって
がっこうの　みんなと
ごうりゅうした。

ゴッディくんの　ママが　いった。

「ゴッディ　おかえり。　あら？　ぼうしは⁇」

「ひ・み・つ」

古川タク(ふるかわ・たく)

三重県生まれ。TCJ、久里実験漫画工房を経て70年代よりフリーランスのひとこま漫画家、アニメーション作家、映画、雑誌、CM、書籍のイラストレーションなど幅広く活躍。

『ザ・タクンユーモア』で第25回文藝春秋漫画賞を受賞する。

絵本に『あったらいいのにな』(文化出版局)『ふうじんくんとらいじんくん』(福音館)『ことばメガネ』(アーサー・ビナード作/大月書店)『ぞうだぞう』(川崎洋・作/鈴木出版)など多数。

漫画作品に『リトルTの冒険』。紙芝居に『紙芝居 えのなかのゆうれい』『紙芝居 ひもかとおもったら…』(教育画劇)など。幼年童話は本書がはじめての作品となる。

ゴッディくん

2020年10月　初版
2020年10月　第1刷発行

作者　古川タク

発行者　内田克幸
編集　芳本律子
発行所　株式会社 理論社
〒101-0062　東京都千代田区神田駿河台2-5
電話　営業 03-6264-8890　編集 03-6264-8891
URL　https://www.rironsha.com

印刷　中央精版印刷　　本文組・デザイン協力　アジュール

ISBN978-4-652-20402-3 NDC913 21×18cm 63P